De nadie más

De nadie más

Por Darlene Ryan

Traducido por
Queta Fernandez

orca soundings

Orca Book Publishers

Library and Archives Canada Cataloguing in Publication

Ryan, Darlene, 1958-

[Saving Grace. Spanish]
De nadie mas / written by Darlene Ryan ;
translated by Queta Fernández.

(Orca soundings)
Translation of Saving Grace.
ISBN 978-1-55143-969-3

I. Fernández, Queta II. Title. III. Series.
PS8635.Y35S2918 2008   jC813'.6   C2008-901497-9

Summary: Evie is determined to care for her baby—
even if it means kidnapping her.

First published in the United States, 2007
Library of Congress Control Number: 2008923639

Orca Book Publishers gratefully acknowledges the support for its publishing
programs provided by the following agencies: the Government of Canada
through the Book Publishing Industry Development Program and the Canada
Council for the Arts, and the Province of British Columbia through the BC
Arts Council and the Book Publishing Tax Credit.

Cover design by Lynn O'Rourke
Cover photography by Getty Images

ORCA BOOK PUBLISHERS
PO Box 5626, STN. B
VICTORIA, BC CANADA
V8R 6S4

ORCA BOOK PUBLISHERS
PO Box 468
CUSTER, WA USA
98240-0468

www.orcabook.com
Printed and bound in Canada.
Printed on 100% PCW recycled paper.

11 10 09 08 • 5 4 3 2 1

Para Judy

Capítulo uno

Atravesé corriendo el jardín. ¿Quién ha visto que en una casa donde vivan niños no haya ni hierba en el jardín? Metí el asiento de bebé en la parte de delante de la camioneta y entré de un salto.

—¡Dale! —le grité a Justin.

Me miró con la boca abierta.

—Por Dios, Evie —dijo—. ¿Qué diablos has hecho?

—¿Puedes arrancar ya? Vamos, mueve la maldita camioneta. ¡Vamos!

—Vamos, ¿a dónde?

Me incliné sobre el asiento de bebé y le di un manotazo a Justin en el brazo.

—No me importa a dónde. Sácanos de aquí ya.

Finalmente, Justin puso la camioneta en marcha y se alejó. Luché con el cinturón de seguridad para tratar de pasarlo por la parte de atrás del asiento de bebé. La bebita todavía dormía.

Logré ponerle el cinturón, me recosté en el respaldar del asiento y me puse el mío. Llegamos a un señal de "pare" donde la calle atravesaba la autopista.

—Hacia allá —dije, señalando hacia la derecha.

Justin me miró y luego miró a la bebita, pero giró y tomó la carretera *Old River*.

—Dijiste que sólo querías verla —me reprochó.

—Bueno, mentí.

—Evie, tú no puedes llevarte el bebé de otra persona.

Extendí el brazo y le acaricié la carita a la bebita con un dedo. Era la cosa más suave que había tocado en mi vida. Un rizo de pelo oscuro, del mismo color del mío, le salía por debajo del gorrito rosado.

—Yo no me robé el bebé de nadie, Justin —le dije—. Ella es mía y de nadie más. Me voy a quedar con ella.

Justin se pasó una mano por el pelo.

—Maldición —dijo bajito entre dientes.

Está bien, él estaba enojado, ¿y qué? Ya cambiaría de idea. Se daría cuenta de que esto es lo que debíamos hacer. Además, yo sabía como convencer a Justin.

Miré la bebé otra vez. Mi niña. No la niña de los Hansen. Ellos no eran ni buenos padres. Lo sé porque he estado observando la casa por casi dos semanas. Dejan la niña todo el día con una niñera. Está bien, es la madre del señor Hansen, pero de todas maneras. Dijeron que se morían por tener un niño. Eso fue lo que dijeron en los papeles oficiales, y ahora ni pasan tiempo con ella. Y no hay ningún otro niño a su alrededor para jugar cuando ella crezca, sólo un solar yermo a un lado y una casa abandonada, a medio construir, al otro.

Esa casa medio construida resultó ser muy útil, porque me permitió observar a mi bebé desde allí sin que nadie me viera. En realidad, no me estaba tratando de esconder. Ya yo tenía pensado lo que iba a hacer y no quería que nadie me molestara.

Al principio, sólo quería ver a mi bebita. Quería estar segura de que estaba bien. Después de que nació sólo me dejaron verla una vez porque mi papá dijo que eso haría las cosas más fáciles para mí. Cuando llegamos a casa del hospital me dijo: *Ya saliste del apuro. Ahora, olvídalo como si nunca hubiera ocurrido.* Era como si no se diera cuenta de que yo acababa de entregar un pedazo de mí. Mi propia sangre. Fui derecho a mi cuarto y cerré la puerta. Me dolían las entrañas. Pensé que era por el parto, el esfuerzo y todo eso, pero el dolor nunca me ha dejado. Nunca pude "olvidarlo como si no hubiera ocurrido". Finalmente, supe que yo tenía que ver con mis propios ojos que mi niña estaba bien.

Mi papá había puesto todos los papeles de la adopción en una caja de metal que tenía en el fondo del clóset. Y yo sabía dónde él escondía la llave: en el cajón de las medias. Una vez que supe el nombre de los Hansen, fue fácil buscar en Internet y encontrar su dirección. A la mañana siguiente me escapé de la escuela e hice autoestop hasta la casa. Llevaba una carpeta y un bolígrafo para aparentar que estaba haciendo una encuesta, pero cuando vi la casa vacía de al lado, me di cuenta de que podía observarlo todo desde allí.

A mi mamá le gustaba observar a los pájaros. Tenía un libro grandísimo con todo sobre los pájaros y siempre me dejaba verlo. Después que murió, mi papá puso todas las cosas de ella en cajas y las guardó en el sótano. Tuve que registrar cerca de cinco cajas para encontrar sus binoculares.

Pensé que a ella no le importaría que yo los usara para mirar a su nieta.

Y eso era todo lo que yo tenía en mente: mirar a mi niñita. Pero mientras más la miraba, más me daba cuenta de lo mucho que me necesitaba. Al final, me di cuenta de que tenía que hacer algo, porque todo bebé debe estar con su madre. Resultó muy fácil hacerlo, lo que prueba que ellos no eran buenos padres, porque en vez de yo, pudo habérsela llevado algún perverso.

Cada vez que la mamá del señor Hansen llegaba a la casa, ponía el asiento de bebé en el portal, mientras llevaba las compras o la ropa de la tintorería adentro de la casa. ¿Qué clase de abuela deja a un bebé afuera de esa manera? Mi mamá nunca hubiera hecho semejante cosa a su nieta.

Todo lo que hice fue esperar en la esquina de la casa. Le mentí a Justin. Le dije que quería mirarla por la ventana. Fue mucho más fácil así que darle toda una larga explicación con anticipación. Yo sabía que una vez que él estuviera con su bebita por un rato, se daría cuenta de que los tres debíamos estar juntos como la familia que somos.

Capítulo dos

Miré a Justin. Creo que sintió mi mirada.

—Yo pensé que esto ya se había decidido —me dijo sin quitar los ojos de la carretera.

—Yo nunca decidí nada —dije—. Mi padre fue el que lo hizo. Me dijo: "Si fuiste lo suficientemente estúpida para salir embarazada, eso no quiere decir que vas a arruinar el resto de tu vida". Él fue quien llamó a la trabajadora social.

Él fue quien revisó la documentación de los posibles candidatos y quien decidió que los Hansen eran los más indicados. Yo no lo hice.

Justin se encogió de hombros.

—Me parecieron buenas personas.

—Serán buenas personas, pero no son los verdaderos padres de Briana. Ella debe estar con su madre. Es decir, yo.

—¿Briana? Yo creí que su nombre era Grace o algo así.

—Su nombre ahora es Briana. Además, Grace es un nombre de vieja.

—¿Y ahora qué hacemos? —preguntó Justin—. ¿Haz pensado en algún plan o vamos a dar vueltas en esta camioneta interminablemente?

No me gustó el tono de su voz.

—Por supuesto que tengo un plan —dije—. ¿Crees que soy estúpida? Vamos para Montreal. ¿Por qué crees que te dije que cogieras a la derecha en la intercepción?

—Yo no voy a ir hasta Montreal —dijo Justin.

—No podemos quedarnos aquí —le dije. A veces Justin es muy cabeza dura.

—Ya lo sé, pero ¿por qué Montreal?

—Porque es una ciudad muy grande. Nadie nos podrá encontrar.

—Todo lo que me dijiste era que querías verla. Nunca me dijiste nada sobre llevártela o ir a Montreal.

Me le acerqué y le apreté la pierna.

—Perdóname, por favor. No estaba segura de que me ayudarías, por eso no te dije lo que iba a hacer.

—No te hubiera ayudado.

—¿Lo ves? Por eso es que no te dije nada.

Justin dejó escapar un gruñido. Trató de prender el radio y yo le tomé la mano.

—No, no puedes prender —le dije—. Puedes despertar a la bebita.

Justin se zafó de un tirón y puso su mano entre nosotros.

—No me hables más, Evie —me dijo.

Me importaba un comino. Manejamos en silencio por un buen rato mirando cómo las luces de la camioneta iluminaban la oscuridad. De pronto, escuché un gemido que salía del asiento de la bebé. La bebé hacía una mueca, y movía los brazos con las dos manitas cerradas en dos diminutos puños. Traté de taparla y acomodar la manta, pero empezó a llorar. Para ser tan chiquitita, lloraba muy alto.

La camioneta comenzó a zigzaguear en la carretera.

—Dios mío, Evie —dijo Justin—. Haz algo, casi me meto en la cuneta.

—Creo que tiene hambre —dije. Tomé mi mochila que estaba en el suelo de la camioneta. Había comprado todo lo que Briana pudiera necesitar: biberones, pañales, mantas. Agité un biberón con fórmula y se lo di.

—Toma, mi amor —le dije, poniéndoselo en la boca. Chupó por un minuto, hizo una mueca y escupió la tetera para empezar a llorar aún más alto que antes.

—¿Por qué no lo quiere? —preguntó Justin.

—No lo sé —respondí—. A lo mejor no tiene hambre. Es posible que esté orinada o algo por el estilo.

Le pasé la mano por detrás. Su ropita no parecía estar mojada y el pañal no parecía inflado. Le volví a dar el biberón cuando abrió la boca. Apenas tomó antes de escupir la tetera de nuevo. Cuando le acerqué el biberón otra vez, volvió la cara. Cada vez que yo probaba, chupaba un poquito, escupía la tetera y comenzaba a llorar de nuevo. Una y otra vez.

Capítulo tres

—Justin, tienes que parar —dije finalmente.

No me escuchó. Me acerqué a él y le di un golpe en el brazo con el dorso de la mano.

—Párate —le dije otra vez.

—¿Por qué?

—Tengo que sacarle el aire a la niña.

—¿Y qué? Hazlo.

—Para hacerlo tengo que sacarla de su asiento, estúpido —Briana lloraba y tuve que decirlo gritando para que pudiera oírme—. ¡Para!

Justin resopló.

—Está bien —dijo a regañadientes.

Aflojó la marcha, se salió de la carretera y se detuvo sobre la gravilla. Apagó la camioneta, sacó la llave y salió. Lo escuché maldecir.

Briana seguía gritando. Tenía la cara roja y los ojos apretados. *Dios mío, ¿cómo alguien tan pequeño puede hacer tanto ruido?* Sus gritos me habían hecho un nudo en el estómago.

La saqué del asiento. Pesaba más de lo que yo pensaba y agitaba los brazos y las piernas de un lado para otro. No había tomado mucha leche, pero yo sabía que tenía que sacarle los gases.

Cuando decidí que Briana se quedaría conmigo, fui a la librería y compré el libro más grande sobre bebés que pude encontrar. Y me lo leí de punta a cabo. Había tomado clases de niñera en el YMCA, pero eso había sido tres años atrás, y no le había prestado mucha atención, porque en realidad fue idea de mi papá. Él quería que me pudiera ganar mi propio dinero en lugar de tener que dármelo él.

—¡Shh! —le dije. La cargué sobre mi hombro de la forma que lo habían explicado en las clases. Entre lo que recordaba de las clases y el libro sabía bastante sobre bebés. Le pasé la mano por la espalda y se retorció y se sacudió, pero no eructó. Tosió un par de veces y hasta trató de encaramárseme por sobre el hombro. Lloró la mayor parte del tiempo y yo también quería llorar.

—Por favor, chiquitita, eructa —le susurré al oído.

Podía escuchar a Justin, caminando de un lado para el otro detrás de la camioneta. Después de varios minutos regresó y abrió la puerta del lado del chofer.

—¿Puedes hacer que se calle? —me pidió.

—¡Cállate tu! —fue lo que le dije.

Justin me miró y me dijo:

—Evie, esto ha sido un error. Tenemos que regresar.

—¡No! —el corazón me empezó a latir con tanta fuerza que me parecía que se podía escuchar—. Yo no voy a regresar.

Abracé a Briana.

—Yo no voy a abandonar a mi hijita otra vez. No lo voy a hacer.

Briana empezó a gritar aún más alto.

—Oye, la vas a asfixiar —dijo Justin—. La estás apretando muy duro. Hasta yo puedo saber eso.

Aflojé un poco los brazos.

—Al único lugar que voy es a Montreal y nadie me va a quitar a mi hija —lo miré con determinación para que supiera que hablaba completamente en serio.

—Dios mío —dijo finalmente, tirando la puerta y alejándose otra vez. Pude escuchar cómo pateaba las piedras del camino contra las ruedas de atrás.

Puse a Briana otra vez en su asiento. Yo tenía cereal para bebés, algunos con bananas. A lo mejor eso le gustaba. Era una marca orgánica, así que seria bueno para ella.

Busqué una cucharita y un platito con unos ositos que había comprado en Wal-Mart. Abrí el cereal que tenía banana. Olía muy bueno. Mezclado con agua, me recordaba a la pasta que usábamos en la clase de trabajos manuales en quinto grado. Briana movió la cabeza de derecha a izquierda, rechazando la cuchara.

—Vamos, preciosa, pruébalo, por favor —traté de forzar la cuchara en su boca, pero no muy duro. Hizo una mueca y le dio un manotazo a la cuchara.

Justin abrió la puerta otra vez y se recostó en el asiento. No logré que Briana abriera la boca. Entonces me acordé de algo que mi mamá hacía cuando cuidaba a los niños del vecino. Levanté la cuchara frente a ella.

—Aquí viene el avión, hacia el aeropuerto —dije, haciéndola dar dos vueltas en el aire—. Ya estamos listos para aterrizar. Abre el hangar.

No sirvió de nada. Los labios de Briana estaban apretados.

—Por favor, Briana —le supliqué.

En ese momento, Justin se acercó, metió el dedo en el plato y se lo metió en la boca. Puso cara de asco, dio media vuelta y escupió por la ventana.

—¡Eso sabe a porquería! —dijo, limpiándose la boca con la mano—. No me extraña que no se quiera comer esa cosa.

Me viré y le di un golpe en la cabeza.

—Eres un imbécil —le grité—. Metiste tus dedos sucios en la comida de la niña.

—Cálmate, fue sólo un dedo —dijo, mostrándomelo—. No te alteres. Actúas como si yo hubiera escupido en la comida o algo parecido.

—¿Sí? Ya no puedo darle esta comida porque está llena de gérmenes.

—En caso de que no lo hayas notado, ella no ha comido nada.

—Eres un puerco —le dije—. Ahora está toda contaminada.

—Me alegro. Eso quiere decir que no necesitamos esto más —dijo Justin. Agarró el plato y lo lanzó como un *frisbee* entre los arbustos—. Ahora nos vamos a casa y vas a devolver a esa niña. Esto es un verdadero desastre.

No pude evitarlo. Se me llenaron los ojos de lágrimas y me corrían por la cara. Traté de secármelas, pero no podía parar de llorar. Tenía un nudo en la garganta. Abracé el asiento de la bebé.

—Por favor, Justin, por favor —le supliqué—. Es mi hijita y yo la quiero. No puedo dársela a nadie. Yo soy su familia. Nosotros somos su familia, no ellos.

Me limpié la nariz con la manga de la blusa.

—Por favor. Yo no puedo regresar —dije sollozando.

Los ojos de Justin reflejaban ira y tenía los dientes apretados. Dio media vuelta y tiró la puerta. Luego, le dio dos patadas a la camioneta. Escuché cómo se alejaba. Todo se quedó en silencio.

Capítulo cuatro

Briana había parado de llorar y se había quedado dormida otra vez. Tenía la cabecita inclinada hacia delante y le salía una secreción de la nariz. Saqué un *Kleenex* de mi bolsillo. Primero le limpié la nariz a ella, luego me limpié la mía. No se despertó. Luego, terminé de limpiarme la nariz con la manga de mi suéter porque no quería desperdiciar los *Kleenex*.

Empecé a poner todas las cosas de nuevo en la bolsa. Lo que le dije a Justin, lo dije más que en serio. Yo no iba a regresar. No podía. Abrí la puerta de mi lado y salté afuera para asegurarme de que no había nada en el piso de la camioneta.

Justin me tomó de los hombros por detrás. Me dio un susto que casi me caigo.

—¿Que diablos estás haciendo, Evie? —me dijo.

—¡Suéltame! —lo empujé. Se tambaleó pero logró mantenerse en pie.

—¿Qué es lo que estás haciendo? —me exigió.

Miré dentro de la camioneta. Briana seguía durmiendo. Me di media vuelta y me paré frente a él.

—No voy a regresar —dije con las manos en los bolsillos—. Si quieres irte, hazlo. No te necesitamos.

Tenía la boca tan seca que los dientes se me pegaban a los labios.

—Yo voy a Montreal, Justin. No voy a regresar a mi casa y no voy a renunciar a mi hija.

—¿Y cómo vas a llegar a Montreal? —preguntó.

—Haré autoestop.

—¿Con esa niña? No hay duda de que estás loca. Una idea genial —reviró los ojos y puso una de sus caras.

—Bueno, yo puedo hacerlo. Tengo dinero. Tomaremos el autobús.

—Ni siquiera sabes dónde está la parada del autobús ni a qué hora pasa —me reprochó.

—Eso no es un problema, ¿por qué ha de serlo? —dije con ironía.

Justin apretó los dientes y cerró los ojos por un momento.

—Entra a la camioneta, Evie —dijo sin mirarme a los ojos.

Di media vuelta y tanteé el piso de la camioneta. La botella de agua había rodado debajo del asiento. La metí en el bolsillo del lado de la mochila.

—Un momento —me dijo Justin agarrándome el brazo y respirando profundamente—. Yo no te voy a dejar aquí sola. Te llevaré, ¿está bien? Perdóname.

Entra antes de que la niña empiece a llorar otra vez.

No dije nada y ni siquiera lo miré. Entré, me senté y me puse el cinturón de seguridad.

Manejamos ni sé por cuánto tiempo sin decirnos una palabra. Tampoco estaba yo interesada en hablar con él. Lo único que quería hacer era mirar a Briana. Me acerqué a ella y toqué su pequeño puño. Agarró mi dedo. Tenía unos deditos muy fuertes. Sonreí. Qué fuerte era mi niñita. Tosió dos veces e hizo una mueca, pero siguió durmiendo. Cerré los ojos y pensé en la vida maravillosa que viviríamos los tres juntos en Montreal.

Me desperté con dolor en el cuello. Tenía dormido el pie izquierdo. Había dormido por un rato. Miré a Briana, que todavía dormía con unas burbujitas de saliva en la boca. Me incorporé y me estiré.

—¿Cuánto tiempo dormí?

—No sé. A lo mejor una hora. Roncas.

—Yo no ronco.

—Sí que roncas —se rió.

Le saqué la lengua. A pesar de que lo habíamos hecho muchas veces, Justin y yo nunca habíamos dormido juntos, quiero decir, en la misma cama toda la noche. Había muchas cosas que yo no sabía de él y él de mí, pero no importaba. Tendríamos tiempo de conocernos una vez que llegáramos a Montreal.

—¿Cómo te vas a mantener en Montreal? —me preguntó después de un rato.

—Tengo dinero —le respondí.

—¿Cuánto dinero?

—Suficiente hasta que consiga trabajo.

En realidad, tenía mucho dinero. Mi mamá ponía dinero en el banco todos los meses, a mi nombre. *Para tu educación*, me decía. Los papeles del banco estaban en la misma caja con los papeles de adopción en el clóset de mi papá. Fui al banco y saqué todo el dinero. Briana era más importante que mi educación. Mi mamá hubiera estado de acuerdo.

Justin me echó una mirada rápida.

—Tienes quince años y no hablas francés. ¿Qué clase de trabajo vas a conseguir?

—En Montreal también hablan inglés —le dije triunfante—. Y para que te enteres, voy a trabajar de diseñadora de modas.

Justin se rió en tono de burla.

—¿Y qué rayos sabes tú de diseño de modas? Ni siquiera sabes coser. Lo único que sabes es cortar tus pantalones vaqueros y dejar que se deshilachen. Ah, y ponerle cinta adhesiva al dobladillo de tu falda.

—En ningún momento he dicho que yo voy a hacer la ropa, idiota. He dicho que la voy a diseñar. A dibujarla. Claro que tengo que ir poco a poco. La señorita Carrington dice que tengo talento artístico.

—¿Y qué sabe de talentos esa patas de gorila? —dijo riéndose a carcajadas.

—¡Cállate la boca! —le grité. Me incorporé para darle un puñetazo, tropecé con el asiento de la niña y empezó a llorar la pobrecita—. ¿Viste lo que pasó por tu culpa?

Traté de acalmarla, acariciando a su cabecita.

—No llores, mamá está aquí contigo.

No paraba de llorar y el nudo en mi estómago regresó.

—¡Haz que se calle! —dijo Justin.

—Es una bebita —dije—. Los bebés lloran, cretino.

Busqué un biberón de fórmula en mi bolsa. Tampoco quiso tomarlo esta vez. No podía hacer que tomara nada. Escupía la tetera en cuanto se la ponía en la boca. Y no era fácil que la abriera. Me dolía escuchar que llorara. Yo sabía que ella debía tener hambre. ¿Entonces, por qué no comía nada? ¿También los bebés saben lo que les gusta comer?

Capítulo cinco

Vi la botella de agua que estaba en el compartimiento de mi mochila y decidí probarla. La destapé y dejé caer un chorrito en la boca de Briana. Tosió y parte del agua le corrió por la barbilla, pero logró tomar un poco. Abría y cerraba la boquita como un pajarito. Usé un biberón para darle agua y cada vez que se lo ponía en la boca, tomaba un poquito.

El nudo en mi estómago desapareció.

—¿Ves? No hay que ir a la universidad para ser mamá. Cuando es tu propio bebé, todo cae en su lugar. Las cosas ocurren naturalmente.

—Lo que tú digas —dijo Justin de mala gana.

Briana se tomó toda el agua. Cuando terminó, le dije a Justin que se detuviera.

—¿Otra vez? —protestó—. ¿Cómo piensas que vas a llegar a Montreal si continuamos parándonos por el camino?

—Tengo que sacarle el aire y tengo que sacarla del asiento. No puedo hacerlo mientras conduces, porque es peligroso. Párate, por favor.

Justin negó con la cabeza, pero se detuvo de todas maneras. Se salió de la carretera y puso la camioneta en *parking*. Me miró.

—Vamos, acaba de hacerlo de una vez.

Tomé a Briana en mis brazos y me la puse en el hombro. Estaba muy inquieta mientras yo trataba de pasarle la mano por la espalda.

—Se parece a ti, Evie. No se está quieta ni un minuto —dijo Justin mientras nos miraba.

Le di unas palmaditas en la espalda y eructó suavemente, dos veces.

—Pero en eso no se parece a ti, Justin —le dije—. Porque cuando eructas suenas como un puerco.

La bebita levantó la cabeza y me miró. Otra vez le salían secreciones de la nariz.

—Justin, dame un *Kleenex*. Están en algún lugar en el fondo de la bolsa.

Buscó y después de un momento me dijo:

—Aquí tienes, yo no encuentro nada. Toma. Usa esto.

Me dio una servilleta de la heladería *Dairy Queen* que estaba en la pizarra polvorienta de la camioneta.

—Yo no voy a usar esa servilleta —protesté—. Primero, está asquerosa, y segundo, es muy áspera para su naricita.

Intenté darle a Briana.

—Cárgala por un momento. Yo voy a buscar el *Kleenex*.

Justin levantó los brazos.

—No, no. No la voy a cargar.

—Tómala. No muerde.

—No —metió la mano en la bolsa y empezó a mover las cosas de un lado para otro hasta que encontró lo que buscaba.

—Aquí tienes —me dijo después de unos segundos, sacando un *Kleenex* de la mochila—. Sóplale la nariz y ponla de nuevo en el asiento. Tenemos que seguir.

Le limpié la nariz y no le gustó ni un poquito. Trató de alejar la cara, la arrugó y protestó con un par de gruñidos. Me hizo reír, porque sonaba igualita a Justin cuando tomaba cerveza. Después de todo, se parecía a él.

La puse de nuevo en el asiento y la tapé con una nueva manta. Había mojado la otra. Se puso una mano en la boca y comenzó a comérsela mientras me miraba. Acerqué mi mano y me agarró un dedo con la mano libre. Justin volvió a la carretera. En unos minutos los párpados de Briana comenzaron a cerrarse y pronto se volvió a dormir.

Capítulo seis

No había casi tráfico en la carretera. De vez en cuando un auto nos pasaba en dirección contraria. Eché la cabeza hacia atrás y cerré los ojos por un segundo. No tenía intención de quedarme dormida, pero lo hice.

Soñé con mi madre. En el sueño, estaba muerta. Llegué a casa y ella estaba en la cocina haciendo mi pastel de chocolate preferido. Me paré en la puerta mirándola. Finalmente se dio la vuelta y me sonrió.

—¡Hola! —me dijo—. ¿Qué tal te fue en la escuela?

Tenía harina en los pantalones vaqueros.

—Tú estás muerta —le dije.

—No. Estoy aquí. ¿No me ves? —se rió.

Lucía igual que la última vez que la vi. Es decir, la última vez que la vi con vida. Llevaba pantalones vaqueros, una blusa roja y el pelo recogido.

—¡No! Yo sé que estás muerta —dije—. Hubo un accidente. Un camión se salió de la carretera y chocó con tu auto… Yo estuve en el funeral. Te vi en la…

Mi mamá levantó los hombros.

—No fui yo —señaló para la meseta de la cocina—. ¿Quieres lamer el resto del chocolate?

—No lo puedo creer —dije—. Te extrañé tanto. ¡Qué bueno que estás aquí!

Corrí a abrazarla pero se desvaneció como si fuera hecha de aire. Se volvió a nada.

Me desperté de un salto. No importaba cuántas veces soñara con mi mamá. Al despertar, nunca estaba alli…

Me incorporé y me estiré. Me dolía el cuello de tener la cabeza recostada al asiento de Briana y tenía la boca seca. Busqué la botella de agua y me tomé lo que quedaba. El agua estaba caliente.

—¿Dónde estamos? —le pregunté a Justin. Se me había deshecho la cola de caballo. Me quité el elástico del pelo y traté de peinarme con los dedos.

—Estamos muy cerca de Edmundston —me dijo.

—¿Cuánto falta para Montreal?

—Varias horas.

—Creo que podemos ir más rápido por la autopista —aseguré.

—Sí. El único problema es que la policía debe estar buscándote. Tenemos que mantenernos fuera de las calles principales. Evie, deberías saber que raptaste un bebé.

—¡No digas eso! —le dije, volviéndome a hacer la cola—. Ella es mi hija. ¿Cómo se puede raptar a su propio hijo?

Justin había puesto el radio muy bajito mientras yo dormía.

—Escucha, ésa es nuestra canción —dije.

—¿Qué es eso de "nuestra canción"? —me preguntó.

Subí un poco el radio y comencé a cantar bajito para no despertar a Briana. "Cuando siento tus manos se detiene mi corazón, cuando siento tus manos encuentro una razón..." Miré a Justin.

—No puedo creer que no te acuerdes. Ésa fue la primera canción que bailamos juntos, la primera vez que hicimos el amor.

—Si tú lo dices —dijo, levantando los hombros.

—¡Justin! Ésa fue la noche que nos conocimos. ¿Cómo es posible que no te acuerdes?

—Me acuerdo cuando nos conocimos. Lo que no recuerdo es el baile, la canción y esas cosas.

¿Cómo era posible que se hubiera olvidado? Ese día le dije a mi papá que iba a dormir en casa de Jade. Ella ha sido mi mejor amiga desde segundo grado, aunque ahora su mamá no la deja andar más conmigo desde que supo que yo estaba embarazada. La mamá de Jade dice que yo no soy una buena influencia. Pero en aquel tiempo, estábamos siempre juntas. Dije que me iba a quedar en casa de Jade, y ella dijo que se iba a quedar en mi casa. De esa forma, saldríamos y nadie preguntaría adónde íbamos o a qué hora regresaríamos. Ese ardid siempre funcionaba, porque nadie nunca verificaba donde estábamos realmente y cuando decíamos que íbamos a dormir en casa de la otra, siempre era la verdad.

Esa noche fuimos a una fiesta que Evan Kelly daba en la casa de playa de sus padres. La mayoría de los chicos eran de onceno grado, pero a Jade la invitó un chico llamado Dylan que había conocido en el YMCA. Ella dijo que llevaría una amiga. Esa fui yo.

En cuanto llegamos, Dylan acaparó a Jade. Alguien me dio una cerveza y me dediqué a recorrer el lugar. A mí realmente no me gusta la cerveza. Ya había probado las de mi papá, por supuesto, a escondidas de él y sabían a rayo. Pero acepté la que me dieron para aparentar estar en la onda.

No conocía a nadie, y Jade ya estaba sentada en las piernas de Dylan, así que decidí salir a la terraza, porque había un ruido horrible. Justin estaba sentado en los escalones que daban a la playa, fumándose un cigarrillo.

A mí no me gustan los chicos que fuman, porque cuando te besan, y te pasan la lengua por la boca, tienen un sabor asqueroso.

Además, odio ese olor en mi pelo. Siempre me cuido el pelo y jamás compro champú o acondicionador baratos. ¿Quién quiere apestar a cigarro después de gastarse quince dólares en un frasco de acondicionador? Pero Justin estaba haciendo aros con el humo, círculos perfectos que flotaban en el aire.

No sabía quién era. Quiero decir, lo había visto en la piscina del YMCA, en *Burger Barn* y en el centro comercial, porque ¿quién no iba a notarlo? Pero no sabía su nombre. Era muy lindo, con brazos fuertes y pelo rubio y largo, que casi le tocaba los hombros.

Lo observé por un rato, pero no dije una palabra. Al rato, se volteó y me sonrió. Todo fue como en las películas. Me quedé sin aire.

Apagó el cigarrillo en la varanda y sacó un paquete de chicles del bolsillo y me ofreció uno.

—Gracias —le dije.

Me recosté en la varanda, le quité la envoltura al chicle, me lo metí en la boca (era de menta) y tuve cuidado de no parecer una vaca rumiando mientras masticaba.

Justin se me acercó.

—Siéntate —me dijo.

Me senté a su lado. La escalera era estrecha y nuestras rodillas se tocaban. Tuve la esperanza de que no notara que las mías temblaban.

—Me llamo Justin.

—Y yo soy Evie.

—¿Viniste con alguien?

Supe que se refería a un chico. Negué con la cabeza.

—Con mi amiga Jade. Está adentro.

—Yo te he visto antes. ¿En la piscina, no?

Asentí. "Ajá" pensé, se ha fijado en mí. Comenzamos a conversar sobre las nuevas reglas para nadar en la piscina del YMCA y sobre el aparcamiento del *Dairy Queen*. ¡Ya ni se podía ir allí a pasar un rato!

Hablamos cerca de una hora. Estaba empezando a enfriar y Justin se quitó el suéter y me lo dio. Todo era tan romántico. Al rato, entramos para buscar algo de comer. Después, me preguntó si quería bailar. Fue entonces cuando tocaron la canción "Cuando siento tus manos." Bailamos y es por eso que es nuestra canción.

Puse la cabeza sobre su hombro y pude oler su colonia. Pensé que si me moría en aquel momento, lo haría feliz. Más tarde salimos a caminar por la playa y encontramos un lugar junto a una roca grande, escondido entre los arbustos. Nos sentamos en una manta que Justin había traido y comenzamos a besarnos. Justin comenzó a acariciarme la espalda por debajo de la blusa. Me susurró al oído lo mucho que me deseaba y yo me derretía por dentro.

Yo nunca hubiera aceptado esa situación, y especialmente con alguien que acababa de conocer, pero Justin era diferente. Era amor a primera vista. Por un momento, retrocedí.

—No tenemos… sabes… protección —le dije.

—Yo, como que tengo…

—¿Qué quieres decir con "como que tengo?" —dije sin entender.

—Mi amigo Cameron y su novia, ya sabes, ellos son novios y todo eso. Yo creo que hasta se piensan casar algún día, pero sus padres son muy religiosos y estrictos. Él me pide que yo le cuide esas cosas, porque si sus padres se las encuentran les da un ataque.

Pasó sus dedos por mi mejilla y por mis labios.

—Yo nunca he hecho esto antes —dijo—, y si tú no quieres…

Pensé que el corazón se me iba a salir del pecho.

—Sí, quiero —dije.

Capítulo siete

Después de esa noche, Justin y yo no nos separamos ni un momento. Tuvimos que mantenerlo en secreto. Yo tenía catorce años y él casi diecisiete. Mi padre se hubiera vuelto loco. Tampoco se lo pude decir a Jade, cosa que no me gustaba porque ella era mi mejor amiga y si no hubiera sido por ella, nunca hubiera conocido a Justin. Pero Justin dijo que debíamos esperar a que yo cumpliera dieciséis años para decírselo a todo el mundo. Entonces ocurrió el accidente. La "protección" se rompió.

Estábamos en la parte de atrás de la camioneta de Justin en la arboleda al lado de la carretera. De pronto se sentó y lo oí decir:

—¡Qué porquería!

—¿Qué pasa? —dije, arreglándome los pantalones vaqueros.

—Se rompió.

—¿Qué se rompió?

—El preservativo.

—Pensé que esas cosas nunca se rompían.

—A éste le pasó —dijo Justin, abotonándose los pantalones y poniéndose el cinto.

Comencé a sacar cuenta en mi mente.

—Es posible que no tengamos problemas —dije—. Voy a tener la menstruación en más o menos una semana.

Justin se pasaba la mano por la cabeza, de la misma forma que lo hacía cada vez que algo lo preocupaba.

—¿Puede el doctor darte un tipo de pastilla para que no salgas embarazada?

—Yo no sé —le dije—. Y no puedo ir al doctor. Lo primero que va a hacer es llamar a mi papá.

Le puse los brazos alrededor del cuello.

—Estoy segura de que no va a pasar nada. Soy muy regular. Ya verás.

La menstruación comenzó exactamente el día catorce, pero sólo me duró dos días. Después de eso, fuimos extremadamente cuidadosos, pero al siguiente mes, la mestruación jamás llegó. Dos semanas después, pensé que tenía gripe. Por la mañana, antes de ducharme, comencé a vomitar. Al tercer día, mi papá me dijo que me llevaría al médico, porque no podía seguir faltando a la escuela.

Era una mujer. La doctora Marriot. Reemplazaba al doctor Tracey, que estaba de viaje. Llevaba una falda larga y sandalias, con la bata de médico, y me recordaba a la señorita Carrington, mi maestra de arte. Con la diferencia de que la señorita

Carrington usaba las sandalias con medias. La doctora tenía las uñas de los pies pintadas de azul y usaba un anillo en uno de los dedos. Me senté en la camilla mientras ella me examinaba. Me palpó el cuello, me miró la garganta y escuchó mi respiración. Le expliqué que no había dejado de vomitar en los últimos tres días.

—Evie —me preguntó—. ¿Tienes actividad sexual?

No estaba segura de si debía decírselo. No quería que mi papá se enterara y que Justin se metiera en problemas. Si hubiera sido el doctor Tracey no le hubiera dicho una palabra.

—Todo lo que me digas será confidencial —me dijo cuando vio que no le contestaba.

Dejé salir el aire de los pulmones. No me había dado cuenta de que lo había estado aguantando. Dije que sí con la cabeza. Me dio un frasco para que fuera al baño y recogiera un poco de orina.

Cuando me dijo que estaba embarazada, pensé que tenía que ser un error.

—No es posible —le dije—, porque nosotros somos muy, pero muy cuidadosos. Tuvimos un pequeño problema una vez, pero yo tuve la mestruación el mes pasado. ¿Cómo puedo estar embarazada si tuve la menstruación?

—¿Fue una menstruación normal? —me preguntó.

—En realidad, no. Muy poca cantidad y sólo duró dos días.

La doctora me explicó que lo que yo pensé que había sido la menstruación no lo había sido en realidad.

—¿Quieres que se lo diga a tu papá?

Asentí. Podía haber vomitado allí mismo, pero no tenía nada en el estómago.

Mi papá no me gritó. Yo sabía que no lo haría delante de otra persona. Pero se le puso la cara tan roja que por un momento pensé que se le iba a explotar.

—Evie, ¿cómo es posible que hayas sido tan estúpida? —me dijo finalmente.

Las manos le temblaban y abría y cerraba los puños.

Yo no le contesté. ¿Qué podría haberle dicho?

La doctora comenzó a hablar sobre vitaminas y nutrición y cosas por el estilo.

—¿Y un aborto? —interrumpió mi papá.

—Eso es una posibilidad —dijo la doctora Marriot—. Pero necesitamos la aprobación de otro doctor.

—¡No! —grité—. Yo voy a tener el bebé.

—Tú eres una niña —dijo mi papá—. ¿Cómo vas a cuidar tú de un niño? No puedes arruinar tu vida así.

—No me importa —dije—. Si me obligas a tener un aborto me voy de la casa.

Tenía las manos tan apretadas que podía sentir las uñas lastimándome.

La doctora Marriot me tomó el brazo.

—Respira profundo —me dijo.

Mi padre y yo nos miramos. Podía sentir su ira, como una tormenta que se me echaba encima.

—Es una decisión difícil de tomar —continuó la doctora Marriot—. ¿Por qué no te vas a casa, te tomas unos días y piensas lo que quieres hacer? Regresa y conversamos sobre las posibles opciones.

Nos montamos en el auto y fuimos hasta casa sin hablarnos. Mi papá ni siquiera me miró. Cuando llegamos, apagó el auto y nos quedamos allí sentados por un rato. Finalmente me preguntó.

—¿Evie, quién es el padre?

—Tú no lo conoces —le dije—. No voy a hacerme un aborto. Te aseguro que me desaparezco si tratas de obligarme.

—Entonces, daremos a la criatura en adopción —me aseguró—. De ninguna manera voy a permitir que desgracies tu vida por esto.

Entramos a la casa y fui directamente a mi cuarto. Me paré de lado frente al espejo y me miré el vientre. No se notaba que allí había un bebé creciendo. Me puse las manos en el estómago. No sentí nada. Todo parecía un sueño, pero mi hijo y el de Justin estaba dentro de mí.

Capítulo ocho

Por supuesto, no me quedó más remedio que decirle a mi papá quién era el padre del bebé. Mi papá fue a hablar con los padres de Justin. No sé lo que pasó, pero ellos decidieron que el padre de Justin le diera dinero a mi padre, y que Justin y yo no nos viéramos más.

Nos las arreglamos para seguir viéndonos. Después de todo, ¿por qué no debía yo ver a Justin? Nos amábamos y lo que podía pasar ya había pasado. No fue fácil, porque mi papá me supervisaba todo el tiempo y la mamá de Jade no le permitia salir conmigo, así que no podía ayudarme, además de que Jade estaba disgustada conmigo por no haberle dicho nada sobre Justin.

Logré salir temprano de la escuela un par de veces, firmando una nota con el nombre de mi padre, para una visita al médico. Justin me recogió a dos cuadras de la escuela. Varias noches logré escurrirme de la casa rellenando mi cama con almohadas para que mi papá creyera que estaba durmiendo. Suena estúpido, pero funcionó.

Seguí vomitando todas las mañanas por más de un mes y entonces los vómitos cesaron. Lo único que no podía aguantar era el olor a huevos fritos. Si los olía, vomitaba hasta el alma, sin importar qué hora del día fuera.

Por lo menos, no me dieron antojos. Sólo que quería comer paletas de helado de uva todo el tiempo.

Cuando le dije a Justin que mi papá quería dar el bebé en adopción me dijo que sus padres pensaban lo mismo. Estábamos en el mismo lugar donde aquella vez tuvimos el accidente.

—Evie, ¿te quieres ver con un bebé a tu edad? —movió la cabeza de un lado a otro en señal de "no"—. Es lo mejor. El bebé encontrará un buen hogar y todo volverá a la normalidad, como si esto nunca hubiera ocurrido.

Pero, en realidad, las cosas no fueron así.

Capítulo nueve

Le eché una mirada a Justin. Conducía con una mano y tenía el otro brazo apoyado en la ventanilla. Desde que tuve la niña, no nos habíamos visto mucho. Se rumoraba que él estaba con otra chica. A algunas de las llamadas "mis amigas" les fascinaba venir a contarme ese tipo de chisme. Ni les presté atención, porque yo sabía que ciertas personas nos tenían envidia a Justin y a mí y querían herirme. Le hablé a Justin sobre los rumores y él mismo me dijo que no era cierto, cosa que yo ya sabía. Me dijo que él casi ni salía, porque no quería hacer algo que fuera a enfurecer a mi padre conmigo.

Ahora vamos a formar una familia. Una vez que lleguemos a Montreal, seremos una familia feliz: Justin, Briana y yo.

Justin miró la pizarra del auto y dijo algo entre dientes que no entendí.

—¿Qué dijiste? —le pregunté.

—¿Tienes mucho dinero? —me dijo.

—Alguno —contesté con cautela—. ¿Por qué?

Briana tosió y se movió en su asiento. Otra vez le salían secreciones por la nariz. Busqué un *Kleenex* y se las limpié. Tenía una costra en un lado, pero temía limpiársela y despertarla.

—Necesitamos ponerle gasolina al auto.

—¿Qué es lo que quieres decir?

Justin se inclinó sobre mí y me tocó con los nudillos en la cabeza.

—Tun, tun. Evie, ¿hay alguien ahí?

Me alejé de él.

—Deja ya esa bobería, Justin —protesté—. ¿Tenemos que parar ahora? ¿Podemos adelantar más?

—No.

Pude notar, por el ton en que me hablaba, que comenzaba a enfurecerse.

—¿Quieres llegar a Montreal, no? —se disparó—. ¿Quieres seguir por otros desgraciados minutos? ¡Necesitamos gasolina!

—Está bien —dije. Busqué mi cartera, saqué un billete de veinte y le pregunté, enseñándole el dinero—. ¿Alcanza con esto?

—No creo que lleguemos muy lejos con eso—me contestó.

Saqué otro billete de veinte.

—Aquí tienes, pero eso es todo. Briana va a necesitar pañales, comida y muchas otras cosas cuando lleguemos a Montreal.

Justin volvió a hablar entre dientes, agarró el dinero y se lo metió en el bolsillo de los pantalones.

—Estáte atenta por si ves una estación de gasolina.

Los dos vimos el lugar al mismo tiempo. Una tiendita con una gasolinera.

Cuando Justin aminoró la marcha para entrar en el lugar, sentí un olor terrible. Un olor a cloaca inundó la camioneta.

—¡Qué asquerosidad! —dijo Justin, tapándose la nariz con la mano—. ¡Qué demonios es eso!

Yo sabía lo que era. Había cuidado otros niños y lo recordaba. Ésa era la parte más desagradable, pero ahora era diferente. Briana era mía.

—Que la niña ha hecho sus necesidades —le dije—. La cambio mientras tú pones la gasolina.

Aparcó al lado de la bomba de gasolina, apagó la camioneta y salió. Briana seguía durmiendo. Era una bebita muy buena.

Desabroché el cinturón de seguridad y la saqué del asiento. Estaba un poco caliente y no olía muy bien, pero podía quedarme con ella en los brazos para siempre. Se acomodó en mi hombro. Le quité el pelo de la frente. Tenía unas pestañas larguísimas, como Justin. Las uñas de las manos eran tan pequeñitas. Nunca había visto algo tan pequeño. Me preocupó cómo iba a cortárselas.

Briana tenía los mismos dedos largos de mi madre. Dedos de pianista. Mi madre podía tocar el piano sin leer música. Siempre me decía que la música estaba en su cabeza. Trató de enseñarme, pero en mi cabeza no había música y mis dedos eran cortos y regordetes.

Después de la muerte de mi mamá, mi papá vendió el piano y le dio todos los CD a *Sally Ann*. Ni siquiera me preguntó si yo los quería.

Le besé los deditos. Era posible que ella sí tuviera música en la cabeza. Era posible que tocara el piano para mí cuando creciera, de la misma forma que mi mamá lo había hecho. Se me hizo un nudo en la garganta que me costó trabajo deshacer.

Capítulo diez

Briana tosió, abrió los ojos y protestó.

—No llores, mi amor. Tu mami está aquí —le susurré.

Movió los brazos y volvió a protestar. No era fácil cargarla y a la vez buscar los pañales y todo lo que necesitaba, pero me las arreglé para lograr poner una manta en el asiento y acostarla para poder cambiarla.

Tuve que abrir la puerta y pararme afuera para hacerlo.

Briana no se estuvo quieta ni un minuto. Pateó y se movió de tal forma que casi no pude desabrocharle el pijama. El pañal estaba cargado. Yo no sabía qué le daban los Hansen de comer, pero cualquier cosa que fuera, hacía que apestara mucho. Me dio tanto asco que casi vomité. Pero pensé que a Justin le daría un ataque si le vomitaba en su camioneta. Me volteé para respirar aire puro. Bueno, no tan puro, porque olía un poco a gasolina, pero era mejor que el olor del pañal.

No tenía idea qué hacer con el pañal sucio. Pensé que debía haber llevado bolsas de basura. Busqué debajo de los asientos y encontré un trapo que Justin usaba para lustrar la camioneta. No era exactamente un trapo. Tenía la textura de un abrigo de gamuza.

Limpié a Briana con un montón de toallitas humedecidas para bebés y las envolví junto con el pañal sucio en la bayeta para limpiar la camioneta. Esperaba que Justin no se disgustara, pero no había encontrado otra solución.

Antes de poder ponerle el pañal limpio, Briana se orinó y el líquido rodó sobre el asiento. Lo limpié con algunas toallitas y quedó bastante bien. Finalmente pude ponerle un pañal limpio y un nuevo pijama. El pañal le quedaba un poco grande, pero el pijama le estaba perfecto.

Por fin regresó Justin. Traía un paquete de papitas con queso y una Coca Cola.

—Aquí apesta todavía —protestó.

—Necesito otra botella de agua y jugo de manzana —le dije mientras ponía a Briana en su asiento y le abrochaba el cinturón de seguridad.

Justin estaba de pie observándonos.

—Justin —le reclamé.

Extendió una mano y me dijo:

—Necesito más dinero.

Le di otros cinco dólares. Puso sus papitas y el refresco en el asiento. Aproveché para limpiarle bien la nariz a Briana. Justin regresó con una botella de agua y otra más pequeña de jugo de manzana. El agua no estaba fría.

—¿No tenían agua un poco más fría? —le pregunté.

—Eso es todo lo que vi —dijo, levantando los hombros.

Vertí jugo de manzana hasta la mitad del biberón. Briana se lo tomó todo, pero antes de que pudiera quitarle el cinturón de seguridad, vomitó. Ensució todo, su ropa, la manta, su asiento y el de la camioneta.

—¡Ay, no! Toda mi camioneta está llena de esa asquerosidad.

Agarré un montón de toallitas y le limpié a Briana la carita y las manos.

—Es sólo una bebé —le dije—. Ella no puede controlarlo. Eso les pasa a los bebés. Y a lo mejor no te acuerdas, pero tú has vomitado en esta camioneta un par de veces.

—Esto es una porquería —dijo, enfurecido—. Y yo que limpié todo el interior anoche. Ahora está apestoso.

—¡Mala suerte! —le grité.

Cogió la lata de refresco y la lanzó a través de la gasolinera. Le dio a un poste de teléfono y rebotó contra el pavimento. Había espuma por todas partes.

Limpié bien a Briana, su asientito y lo que pude de la camioneta. Puse una pila de toallitas en el latón de basura que estaba entre las dos bombas de gasolina. También boté la manta con vómito. Luego, recogí la bayeta con el pañal sucio para ponerla en la basura.

—¡Qué diablos estás haciendo! —me gritó Justin—. Ésa es mi bayeta. No la tires.

La puse en la basura.

—Es un trapo —le dije—. Puedes conseguir otro. Lo usé para envolver el pañal sucio y demás.

—Eso no es un trapo, estúpida. Es la bayeta de lustrar los guardafangos.

—Qué gran cosa —le grité—. Ni que a nadie le importara cómo relucen los guardafangos.

Me puse a buscar otra manta en la mochila y Justin me agarró por un brazo.

—Evie, yo no voy a seguir en esto —tenía la cara tan cerca de la mía que me escupió mientras hablaba—. Voy a regresar.

—No —dije, tratando de librarme, pero me agarró el brazo más fuerte aún.

—Sí.

—Tú eres su padre y ni siquiera te importa.

—Yo no quiero ser su padre —dijo—. Todo fue un accidente, un error. La única razón de que ella está aquí es porque el preservativo se rompió. Yo no soy su padre, Evie. Y tú no eres su madre. No de verdad. Sus verdaderos padres están probablemente volviéndose locos buscándola y preocupados por ella.

Por fin me libré de él. Tenía sus dedos marcados en el brazo.

—Somos su familia —le dije—. Y ésa es la única familia que ella necesita.

Briana estaba llorando. Le puse la mano en la cabeza.

—La asustaste, Justin.

—Evie, deja ya esta locura —dijo, pasándose los dedos por el pelo—. Nosotros no somos una familia, no somos su familia. ¿Crees que vas a ser una diseñadora de modas en Montreal? Ya lo creo. Lo que vas a hacer es trabajar en la tienda del dólar. Tú viste la casa donde ella vivía. Esa gente puede darle lo que tú no puedes darle.

—¿Te refieres a una casa grande y ropa bonita? Eso es lo que menos importa. Nadie la va a querer como yo.

Le arreglé el gorrito y ella alejó la cabeza.

—Mira, ni siquiera le caes bien, Evie— dijo calmamente.

—Ahora no se acuerda de mí, pero ya lo hará. Estuvo nueve meses dentro de mí. Ella sabe quién soy yo. Ella lo sabrá.

—¿No te das cuenta de lo que está pasando, Evie? —dijo, pasándose las manos por la cara—. Si tenemos suerte llegaremos cerca de Montreal. ¿No crees que la policía nos está buscando? Evie, tú has raptado una niña. Ella ya no es tuya.

—Hablas como si no quisieras a tu propia hija.

—No, no la quiero —dijo—. Pero los Hansen sí la quieren y tenemos que devolvérsela. A lo mejor puedes ir a visitarla de vez en cuando. En su cumpleaños y en la Navidad.

—Yo no quiero visitarla dos veces al año —grité—. Yo quiero estar con ella todo el tiempo. ¿Tú piensas que después de esto me van a dejar verla? Yo no voy a regresar.

—Y yo no sigo, Evie. Hasta aquí llegué —se tocó la sien con los dedos—. Sácate eso de la cabeza.

Dio media vuelta y se fue.

El corazón se me quería salir del pecho y las manos me temblaban. Pensé "respira profundo" pero apenas podía. Regresé a la camioneta y abracé a Briana. Había parado de llorar. Tenía la cara roja.

—No te preocupes —le dije—. Nadie te va a separar de mí. Ni Justin, ni la policía. Nadie.

Busqué a Justin con la mirada por la gasolinera. Estaba dentro del edificio. Estaba hablando por teléfono.

¿Cómo era posible?

Capítulo once

Sentí como si me hubieran dado un puñetazo en el estómago. Las lágrimas me corrían por la cara. Me las sequé con la mano. No tenía tiempo que perder. "Todo nos va a salir bien," le susurré a Briana.

Lo metí todo en la mochila: la botella de agua, el resto del jugo de manzana, mi cartera, todo. Desabroché el cinturón que mantenía el asiento de Briana en su lugar.

Miré al edificio. Justin estaba todavía en el teléfono. Tenía el corazón en la garganta, pero estaba segura de lo que hacía.

Apagué la luz de dentro de la camioneta, en caso de que Justin mirara en nuestra dirección. Abrí el maletero, puse allí por un momento el asiento de bebé y me puse la mochila. Agarré de nuevo el asiento, caminé a gatas por el aparcamiento, me alejé y dejé que nos tragara la noche.

No había tráfico, pero me mantuve alejada de la orilla de la carretera, por si acaso. Con el asiento de Briana, tenía que caminar despacio. Con cada paso me golpeaba a la pierna. Después de unos minutos miré la cuneta cerca de la carretera. Me pareció ver un camino de gravilla que se desaparecía entre los arbustos. Pensé "si me meto por ahí, Justin no podrá encontrarme." El camino no era tan empinado como parecía, aunque estaba lleno de rocas y hierba. "No te preocupes, Briana, creo que podremos." Agarré el asiento de Briana con los dos brazos y comencé a bajar a tientas con los pies, porque no podía ver nada en la oscuridad. Resbalé, perdí el balance y descendí con el trasero, abrazando a Briana fuertemente para protegerla. Abajo, me acerqué a ella para asegurarme de que estaba bien.

Me miró como diciendo: "¿Qué rayos fue eso?" Le dije que no se preocupara. Otra vez tenía la nariz sucia. Encontré un *Kleneex* en el bolsillo y se la limpié una vez más. Deseé que supiera soplarse la nariz.

Me levanté y me sacudí la tierra de los pantalones. Estábamos a la orilla de un sendero. Seguí adelante aunque no sabía a dónde se dirigía, pero no había duda de que estábamos más seguras por allí que en plena carretera. Me acomodé la mochila a un lado y cargué el asiento de Briana. De pronto me acordé de algo que mi mamá decía siempre que íbamos a algún lugar, incluso al supermercado. Me miraba con una sonrisa pícara como si estuviéramos a punto de correr una gran aventura y luego decía: "Vamos a ver al mago." Nunca supe qué quería decir con eso. Le sonreí a Briana y le dije: "Vamos a ver al mago."

Tomé el sendero porque en realidad no tenía idea de qué otra cosa hacer. Necesitaba encontrar una parada de autobús para poder llegar a Montreal... o a cualquier lugar. Por fin aprendí a caminar con el asiento para que no me golpeara a la pierna, pero era muy pesado y tenía que cambiarlo de brazo constantemente.

Cuando llegamos junto a unos árboles, pude ver otra carretera a lo largo del sendero, pero había muchos arbustos y estábamos lo suficientemente lejos para que nadie nos viera. Poco a poco nos íbamos acercando a algo así como el centro de un pueblo. Si podía encontrar un teléfono, podría averiguar dónde estaba la estación de autobús.

Me dolían los pies y los brazos, pero cada vez que pensaba en descansar

me acordaba de Justin en el teléfono, dela-
tándome. Sentía que alguien me estaba
desgarrando el estómago. Caminaba cada
vez más rápido, sabía que tenía que huir
de Justin, de ese lugar, de todo el mundo,
porque yo no iba a dejar que me quitaran
a mi bebé.

Finalmente llegamos a un parque con
un edificio que se parecía al YMCA. Había
un par de bancos en frente y me senté a
descansar. Me ardían las plantas de los
pies.

Coloqué a Briana a mi lado. Otra vez
dormía. Le miré la carita, tratando de
pensar a quién se parecía, a Justin o a
mí. Tenía mi pelo, eso era seguro. Y chi-
llaba como yo cuando estaba enojada. Por
lo demás, no sabía a quién se parecía. Se
parecía a ella misma.

Todo el mundo decía que yo era igualita
en todo a mi mamá, con la excepción del
carácter. Yo no me veía ningún parecido
con ella. Sólo teníamos el mismo color
de pelo, un castaño rojizo. En realidad,

no me hubiera molestado parecerme a ella, porque era preciosa. Tenía ojos pardos como el chocolate y una piel perfecta. No necesitaba usar cosméticos. Comía todo lo que quería y jamás engordaba.

Pero lo mejor de mi mamá era su risa. Te hacía reír de felicidad y ni sabías de qué te estabas riendo. Deseé oírla otra vez. Después de su muerte, ya nadie más se rió en mi casa. Mi papá dejó para siempre de sonreír.

Vi a tres chicas que caminaban en mi dirección. Conversaban y no se dieron cuenta de mi presencia hasta que estuvieron al lado del banco donde yo estaba. Una de ellas vio a Briana.

—¡Ay, mira, una bebita! —dijo, agachándose al lado del asiento—. ¡Qué linda!

—Gracias —le dije.

Las otras dos se acercaron para verla.

—¡Qué chiquitita! —dijo una de ellas.

—¿Es tuya? —me preguntó la que habló primero.

Asentí.

—Es una monada. ¿Cuántos meses tiene?

—Cinco meses —le dije, arreglándole a Briana el gorrito para que le pudieran ver la carita.

—¡Mira que cachetes más gordos tiene!

—Hola, soy Stephanie —se presentó la primera chica. Llevaba una blusa morada con lentejuelas y unos pantalones vaqueros. Tenía el pelo rubio y lo llevaba en una cola y con algunos mechones sueltos delante—. No creo que te haya visto antes. Seguro que vas a Cumberland.

—Sí, me llamo E... —pensé que no debía decir mi verdadero nombre—. Me llamo Eden.

—¿Cómo se llama tu bebé? —preguntó Stephanie.

—Briana —le contesté.

Una de las amigas de Stephanie dijo:

—Me gusta ese nombre. Tiene clase.

—¿Vas a la fiesta? —preguntó la otra chica. El pelo negro le caía en rizos de la forma que me gustaría que me quedara el mío. Pero ni la permanente lo lograba.

—No. Eh, yo…. Estoy esperando a mi novio.

Stephanie miró su reloj y dijo:

—Oye, tenemos que irnos —se despidió con la mano—. Adiós, Eden.

—Adiós —le dije. Vi como atravesaban la hierba y entraban en el edificio. Pude oír la música por un instante cuando abrieron la puerta. Pensé en qué estarían haciendo Jade y mis otras amigas. Seguro habían ido a nadar y se habían encontrado con algunos chicos. Estarían en una fiesta o algo por el estilo.

Miré a Briana. No me importaban ya las fiestas y los bailes. Ahora era una mamá y tenía cosas más importantes que hacer.

Capítulo doce

Me sonaron las tripas y me di cuenta del hambre que tenía. Llevaba horas sin probar bocado. No me acordaba si había tomado almuerzo. ¿Y de cena? No podía recordarlo. Me puse la mochila, tomé a Briana y comencé a buscar un lugar donde comer. Tenía que haber algún lugar por allí.

Caminé de nuevo a lo largo del sendero. Escuché ladrar a un perro y la puerta de un auto que se cerraba, pero no vi a nadie. ¿Este lugar se quedaba desierto al oscurecer? Busqué un *Dairy Queen* o algo parecido, pero todo lo que vi eran casas. ¿Qué clase de lugar era éste, donde no había un *Dairy Queen* o un lugar como *Burger Barn* donde comerse una hamburguesa?

Finalmente vi un lugar con un cartel que decía *Fern*, casi tan grande como el mismo edificio. No había ningún auto aparcado delante pero tenía un anuncio lumínico que decía "abierto." Mi estómago protestó de nuevo. No era *Burger Barn*, pero con hambre cualquier lugar daba igual. Me salí del sendero y atravesé la carretera.

El lugar olía a café y a hamburguesas. No estaba mal. Había un mostrador largo y banquetas lustrosas con asientos de vinilo rojo. A lo largo de las dos paredes había mesas con asientos que se unían en el respaldar, además de mesas y sillas en el medio del salón. Me senté junto a la pared y puse a Briana a mi lado. Los respaldares altos y de madera me recordaron los bancos de la iglesia. Desde allí podía ver la calle, y los baños estaban cerca, en caso de que tuviera que desaparecerme de pronto.

La señora que estaba detrás del mostrador dio la vuelta y se me acercó. Llevaba pantalones vaqueros y un delantal verde.

—¡Hola! —me dijo—. ¿Qué deseas pedir?

Briana se había despertado y estaba protestando.

—¿Qué te pasa, bonita? —le dijo a Briana.

—¿Puede, por favor, traerme una hamburguesa con queso, papas fritas y leche?

—Con mucho gusto.

No escribió nada, pero no tenía mucho que recordar. Le sonrió a Briana.

—Si quieres, puedo calentarle el biberón.

—No gracias. Ya tengo lista su comida.

Esta vez me sonrió a mí.

—Me lo imaginé, pero si me quieres dar el biberón, será mejor que ponerlo bajo el agua caliente en el lavamanos —miró en dirección al baño—. El agua no sale lo suficientemente caliente.

No me acordaba nada de lo que había leído sobre calentar biberones en aquel libraco de trescientas páginas que saqué de la biblioteca.

—A ella no le gusta la fórmula —dije—. No sé si le gustará caliente.

La camarera me miró extrañada. Luego miró a Briana y me miró de nuevo.

—No. No caliente. Solamente tibia. A los bebés les gusta la leche calentita— arrugó la frente—. ¿Es tuya?

—Soy su mamá —dije, poniendo el brazo sobre el asiento de Briana—. ¿Podría calentarle un poco el biberón, por favor, si no le es molestia?

—De ninguna manera —dijo, sonriendo.

Miré por la ventana. Pasaron un auto y una furgoneta. Ni trazas de la camioneta de Justin o la policía. Me dejé caer en el asiento. ¿Cómo era posible que Justin me hubiera hecho esto? Pensé que nos amábamos. Estábamos enamorados. Éramos los padres de Briana.

Se me hizo un nudo en la garganta y los ojos se me llenaron de lágrimas. Los cerré por unos segundos. No podía pensar más en Justin. En cuanto comiera algo tenía que pensar en la mejor manera de llevar a Briana a Montreal.

Entonces me di cuenta. No podía ir a Montreal. Justin se lo había dicho a todo el mundo. De seguro me estaba esperando la policía en la estación de autobuses de Montreal. Me puse la mano sobre la boca. No me quedaba otro remedio que ir a otro lugar. Podría ir a Halifax y luego, en unos días o en una semana, cuando no me estuvieran buscando más, podría ir a Montreal.

Miré a Briana. Tenía un puño metido en la boca. El gorrito le tapaba las cejas. Se lo acomodé. Tenía el pelo pegado a la frente sudada y se lo arreglé.

—Hasta despeinada eres preciosa —le dije.

Otra vez tenía secreción en la nariz. Tuve que buscar en el fondo de la mochila para encontrar un *Kleenex*. La limpié mientras protestaba. Luego, estornudó.

—Salud —dijo la camarera mientras me daba el biberón—. Creo que así está bien. Lo comprobé. Tengo dos hijos.

—Gracias —le dije.

Briana no estaba muy contenta de ver el biberón. Apretó los labios como lo había hecho antes. Cuando bostezó, le puse el chupete en la boca. Comenzó a beber. No podia olvidarme de ahora en adelante de calentarle la fórmula un poquito antes de dársela.

—¿Quieres cebolla en la hamburguesa? —me preguntó la camarera desde detrás del mostrador.

—Sí. Por favor.

—¿Y salsa en las papas fritas?

La boca se me hacía agua.

—Sí. Mucha, por favor.

Briana tenía hambre. Se había tomado casi la cuarta parte del biberón cuando la camarera me trajo la comida. Yo me moría de hambre. Tomé las dos manos de Briana y las puse alrededor del biberón para que lo aguantara mientras yo comía, pero cuando la dejaba sola, se le caía. Briana protestó.

Otra vez le puse el biberón en la boca, lo aguanté con una mano y con la otra traté de usar el tenedor. Pero como era la mano izquierda, no podía ni pinchar una papa frita. Traté otra vez de que Briana aguantara el biberón, pero ella no se daba cuenta de lo que yo quería que ella hiciera.

La camarera estaba cerca, llenando los servilleteros.

—Creo que está muy pequeñita para sostener el biberón —me dijo—. ¿Me dejas que se lo dé? —miró para el salón vacío—. Ahora tengo tiempo.

Yo tenía un hambre horrible.

—Muchas gracias —y le acerqué el asiento un poco.

La camarera se sentó a mi lado y tomó el biberón.

—Mi nombre es Leslie —me dijo.

¿Y qué nombre le habia dicho yo a las chicas antes?

—Yo soy Eden y ella es Briana.

La hamburguesa tenía queso de verdad, no ése que viene envuelto en plástico, y las papas fritas estaban acabadas de hacer. Comí por unos minutos sin hablar. Un poquito de fórmula le chorreó por la barbilla a Briana. Leslie se la limpió con una servilleta de papel.

—¿Cuánto tiempo tiene? —preguntó.

—Cinco meses —contesté.

Leslie observó la carita de Briana y luego me miró. El corazón se me salía del pecho.

¿Sabrá algo?

—Tiene tus mismos ojos —dijo finalmente.

Las piernas me temblaban. Menos mal que estaba sentada. Seguí comiendo como si nada.

—¿Qué edad tienen sus niños? —pregunté.

—Kyra tiene ocho y Sam tiene seis —movió la cabeza de un lado para otro—. Parece que fue ayer que estaban así de pequeños.

Pasó sus dedos por las manos de Briana.

—Creo que va a ser pianista —dijo.

—Mi mamá tocaba el piano —le dije.

—Y tú, ¿sabes tocar? —me preguntó.

Me reí.

—No. Ni puedo tocar ni puedo cantar. Pero puedo dibujar bien. Mi maestra de arte dice que soy muy creativa. Pienso ser una diseñadora de modas —casi dije "en Montreal," pero me di cuenta a tiempo.

—Ah, entonces ¿te coses tu propia ropa?

Negué con la cabeza.

—No. No sé coser, pero soy realmente buena combinando piezas de vestir, qué pantalón y qué blusa van con qué zapatos, y ésas cosas. Siempre le digo a mis amigas qué deben ponerse y las ayudo a comprarse la ropa.

—A lo mejor puedes trabajar en una tienda de ropa —dijo Leslie—. Cuando voy de compras nunca puedo encontrar una persona que me ayude a decidir lo que combina.

—Los diseñadores de moda ganan mucho dinero —le dije.

Leslie tomó un *Kleenex* del bolsillo del delantal y le limpió la nariz a Briana. Eso me recordó que tenía que comprar más *Kleenex* y otras cosas antes de tomar el autobús.

—Cuando yo tenía tu edad, quería ser cantante —dijo Leslie.

La miré. Tenía el pelo rubio recogido en una trenza y no tenía arrugas.

—Todavía puede serlo. No es muy mayor.

Leslie se rió.

—Gracias, pero no puedo llevar esa vida con dos hijos y sin esposo, trabajando hasta tarde en la noche y constantemente de gira.

—Puede dejar los niños en las guarderías.

—Eso cuesta mucho dinero. Y no es fácil encontrar una que esté abierta hasta las dos de la mañana.

—Es cierto —dije, comiéndome el último pedazo de la hamburguesa—. Pero no es justo que tenga que trabajar aquí cuando en realidad quiere ser cantante.

—Este trabajo no es malo —me dijo—. Tengo que cocinar, cosa que me gusta, y la dueña del lugar es una persona muy buena y me permite cambiar el horario si algún niño se me enferma o tengo algún problema personal.

Briana terminó de tomarse la fórmula y Leslie puso el biberón en la mesa.

—Mientras mis hijos estén bien, yo estoy feliz.

Asentí. Lo comprendía. Por la felicidad de Briana era que había hecho esto. Sólo me hubiera gustado que Justin lo entendiera.

Capítulo trece

Me limpié las manos en una servilleta y saqué a Briana del asiento. Pataleó y se revolvió mientras me la ponía en el hombro para sacarle el aire.

—Vamos, dame uno bueno —le pedí, dándole palmaditas en la espalda. Pero todo lo que hizo fue estornudar.

—Salud —le dijo Leslie.

Cuando la cargé, noté que estaba un poco caliente y que también necesitaba que le cambiara el pañal. Me daba patadas en las costillas con sus piecitos.

—¿Has probado a ponértela en las piernas para sacarle el aire? —me preguntó Leslie.

—No. No sé cómo.

—¿Puedo cargarla?

Dudé por un segundo, pero le di a Briana.

Leslie la levantó y le dijo:

—Hola, bonita. ¿Vas a eructar para mí?

Puso a Briana boca abajo atravesada en su regazo. La cabecita de Briana descansaba en uno de sus brazos, y le había puesto la otra mano en la cintura. Comenzó a frotarle la espalda en círculos.

—¿Ves? —me dijo—. No tienes que hacer presión.

Briana al fin eructó altísimo, igualito que Justin.

—Me apuesto a que ahora te sientes mejor —le dijo Leslie con una sonrisa. Sentó a Briana y noté que ya no estaba inquieta. No era posible que se sintiera mejor con Leslie que conmigo. Yo era su mamá.

Le pedí que me la diera.

—Tengo que cambiarla.

—En el baño hay una mesa para cambiar a los bebés —dijo Leslie, levantándose.

Me levanté y me puse la mochila.

—¿Vas a comer postre? —me preguntó mientras limpiaba la mesa—. Tenemos pastel de manzana, pastel de moras, pastel de limón y merengue o pastel de crema y bananas.

—Qué delicioso. Sí. Quiero el de crema y bananas, por favor. Regreso enseguida.

Llevé a Briana al baño. Al principio no podía encontrar la mesa de cambiarla. Luego me di cuenta de que no era una mesa sino una cosa pegada a la pared que se bajaba. ¡Yo no iba a cambiar a Briana ahí! Se me podía caer mientras luchaba para ponerle el pañal.

Puse en el suelo la misma manta que había usado en la camioneta. El piso estaba muy limpio. Hasta olía a productos de limpieza perfumados. En el suelo estaba mucho más segura.

Esta vez, cambiarla fue mucho más fácil, porque sólo estaba orinada y ya tenía más práctica en cerrar los broches del pijama. Me lavé la manos, lo recogí todo y estaba saliendo del baño cuando oí voces.

Leslie estaba hablando con alguien. Miré en dirección al mostrador y vi a un policía parado de espaldas a mí.

Capítulo catorce

Me quedé sin aire y las piernas no me respondían. El policía dio media vuelta y ya no tuve dónde esconderme. Apreté a Briana contra mi pecho. Era mía y de nadie más. No iba a dejar que me la quitaran.

—Gracias —le dijo el policía a Leslie—. Hasta luego.

Caminó hacia mí y vi que llevaba un paquete con un recibo grapado. Me sonrió al pasar. No sé si le devolví la sonrisa. Entonces se fue.

Me recosté temblando a la pared. Pensé que no podría caminar, pero me las arreglé para llegar a la mesa. A través de la ventana pude ver las luces rojas del auto de la policía desaparecer calle abajo. Respiré profundamente. Por ahora, estamos libres de peligro y pronto estaremos en un autobús lejos, muy lejos de aquí y nadie podrá separarte de mí, Briana.

Leslie regresó con el pastel en el momento en que yo ponía a Briana en su asiento. La nariz de la pobre Briana estaba roja e irritada de tanto limpiársela.

—¿Hay alguna farmacia por aquí cerca? —pregunté—. Tengo que comprarle medicina para el catarro.

Leslie me miró preocupada.

—¿Sabes que no puedes darle esas medicinas a la bebita? —se inclinó y le tocó los cachetes y la frente—. Parece tener un poco de fiebre.

—¿Está segura de que no puedo darle esas medicinas? Siempre las anuncian por televisión, en ese comercial donde sale un señor hablando sobre los médicos. Sólo quiero darle un poquito.

—No. No puedes darle nada. Ella tiene sólo unos meses. Pero puedes llevarla a la clínica de guardia y la enfermera puede verla.

Le toqué la cara a Briana. La tenía caliente. Debí lucir muy angustiada porque Leslie me dijo:

—No le va a pasar nada. Todos los niños se enferman y tienen fiebre. La clínica está a una cuadra de aquí —se asomó a la ventana y señaló—. ¿Ves esas luces allí? Es ésa. Están abiertos hasta la medianoche.

Otra vez tenía un nudo en la garganta. No pude comerme el pastel. Briana se quejaba y tosía y le seguían saliendo secreciones por la nariz.

Si la llevo a la clínica me van a hacer un millón de preguntas. Briana me cogió un dedo de la mano como siempre hacía y me lo apretó. *"Yo me muero. Creo que me muero si alguien trata de quitarme a mi hijita. No puedo permitirlo."*

El corazón me latía tan fuerte que no podía creer que Leslie no lo escuchara. Estaba recogiendo los saleros y los pimenteros y poniéndolos en el mostrador.

Miré a Briana. A lo mejor no estaba tan enferma. Tosía y le salía eso por la naríz, pero era sólo un catarro. Todos los niños cogían catarros. No era una cosa del otro mundo. Hasta Leslie había dicho que todos los niños tenían fiebre. En cuanto lleguemos a Halifax la llevaré al doctor. Eso será lo primero que haga. Pero ahora, tenemos que seguir camino.

—Discúlpeme, ¿sabe dónde queda la estación de autobús? —le pregunté a Leslie, que estaba rellenando los saleros.

—Sí. Cuando salgas, toma a la izquierda. Luego, haz otra izquierda en la esquina. Está ahí mismo —se detuvo—. Y la clínica está justamente al cruzar la calle. ¿Ves? Las luces se ven desde aquí.

—Gracias —le di un billete de a veinte y esperé el cambio.

Me puse la chaqueta, tomé todas mis cosas, envolví a Briana en una manta y me despedí.

—Adiós —me dijo Leslie—. Cuida mucho a esa pequeñita.

—Gracias. Así lo haré. Hasta luego.

Cuando la policía viniera a preguntar por nosotras, si lo hacía, Briana y yo estaríamos ya muy lejos.

Capítulo quince

En cuanto salimos al aire frío, Briana empezó a toser de nuevo. La saqué del asiento y la cargué. Esta vez no estaba inquieta. Puso su cabecita en mi hombro y se quedó quietecita.

—En dos horas más, ya estaremos a salvo —le susurré al oído—. En cuanto lleguemos a Halifax vamos directo al médico.

Podía escuchar que respiraba con dificultad, y me hizo recordar a mi madre. No sé cuántos años yo tenía. Estaba enferma y mi madre me frotaba el pecho con una cosa que olía mal. Estuvo sentada en mi cama toda la noche y cada vez que me despertaba, la veía sentada a mi lado con un vaso de agua y unas compresas frías para ponerme en la frente.

Sentí un dolor que me atravesó el pecho. Pensar en mi mamá dolía tanto como pensar que tenía que renunciar a Briana. Se me llenaron los ojos de lágrimas y tuve que pestañear para poder ver con claridad. No tenía tiempo para llorar. Me colgué el asiento en el brazo. Fui hacia la izquierda, como dijo Leslie, y a la izquierda otra vez en la esquina. Todo el tiempo con el asiento golpeándome en la cadera.

Doblé en la esquina. Había dos autobuses enormes frente a la estación y también dos policías en la puerta. Retrocedí, di media vuelta y comencé a caminar lo más rápido posible. Maldito

Justin. Tuve que detenerme por un segundo para respirar. Apreté a Briana contra mi pecho.

—Nada nos va a pasar —le dije—. Nada nos va a pasar.

No necesitaba a Justin. Me las podía arreglar perfectamente sin él.

Cerca de la cafetería, había un pasaje estrecho y oscuro con un contenedor de basura grande junto a la pared, a mitad de camino. Apestaba, pero no tanto. En lugares peores había yo estado. Había dos pedazos de madera uno encima del otro junto al contenedor. Los empujé con el pie y ni se movieron. Prefería sentarme en ellos que en el suelo. Puse el asiento en el suelo y cambié a Briana de hombro. No tenía con qué limpiarle la nariz y usé la manga de mi suéter.

No podía creer que Justin me hubiera delatado, pero lo había hecho. No quería ni pensarlo, no tenía tiempo para enfurecerme ni llorar. Me corrieron las lágrimas por la cara, me las limpié con la mano y me tragué el pánico que me crecía por dentro.

No puedo tomar el autobús, pero podemos hacer autoestop. Caminaré de nuevo en dirección a la carretera y en algún lugar encontraré a alguien que nos lleve. En la distancia, pude oír la sirena de la policía. ¿Me estaban buscando? Me detuve a escuchar. El sonido se alejaba.

Briana no paraba de toser.

—Ya, mi amor. Pronto vas a estar bien —le dije, arropándola con la manta—. No tengas miedo. No voy a permitir que nadie te aleje de mí.

Estaba temblando, y no porque tuviera miedo sino porque había un frío horrible entre el contenedor de basura y el edificio.

Me paré y Briana vomitó. Todo se llenó de vómito, mi suéter, mi espalda, mi pelo. El estómago me dio un vuelco. Por un momento pensé que yo también iba a vomitar. Cerré los ojos y comencé a respirar por la boca. Briana estaba llorando y yo no pude evitarlo, comencé a llorar también.

La limpié con la manta y un montón de toallitas y la puse en el asiento. Mi chaqueta estaba llena de vómito y sólo me quedaban dos toallitas. Me limpié solamente el pelo. No quedaba más remedio que seguir así adelante. Caminaría rápidamente hacia la carretera.

Cargué a Briana y la mecí en los brazos hasta que dejó de llorar. Olía a vómito y respiraba fuerte. Teníamos las dos caras juntas y pude sentir que estaba muy caliente.

No podía evitar las lágrimas. Escuchaba las sirenas de la policía una y otra vez. Todo lo que yo necesitaba era a mi mamá. Ella sabría qué hacer. Pero la única madre en este momento era yo.

Seguí meciendo a Briana hasta que se durmió. En el silencio de la noche, sólo escuchaba su respiración. Le besé la frente, la mejilla y la cabecita.

—Mi niña, nadie te puede querer como yo —le susurré. Las manos me temblaban. Todo el cuerpo me temblaba—. Yo soy tu verdadera mamá.

Me colgé la mochila al hombro y salí del pasaje. No había un alma y se podía escuchar en la distancia el ruido de los autos en la carretera.

No me detuve. Ahora la madre era yo. Crucé la calle, doblé a la derecha y caminé en dirección a las luces de la clínica.

Watch for new titles in the Soundings series in Spanish!

¡Prepárate para los nuevos títulos de los Soundings en español!

El qué dirán
(Sticks and Stones)
Beth Goobie

978-1-55143-973-0
$9.95 · 112 pages

La verdad
(Truth)
Tanya Lloyd Kyi

978-1-55143-977-8
$9.95 · 112 pages

La guerra de las bandas
(Battle of the Bands)
K.L. Denman

978-1-55143-998-3
$9.95 · 112 pages

Un trabajo sin futuro
(Dead-End Job)
Vicki Grant

978-1-55469-051-0
$9.95 · 112 pages

Revelación
(Exposure)
Patricia Murdoch

978-1-55469-053-4
$9.95 · 112 pages

A toda velocidad
(Overdrive)
Eric Walters

978-1-55469-055-8
$9.95 · 112 pages

El buen arte de Zee
(Zee's Way)
Kristin Butcher

978-1-55469-057-2
$9.95 · 112 pages